Dascha sagenhaft,
wie Gräfin Emma den klein
Kerl mang Roland seine Füße
inne Gange brachte
und so die Bremer zu ihre
Bürgerweide kamen

Walter A. Kreye und
Volker Ernsting

Verlag J. H. Schmalfeldt

Alle Rechte vorbehalten
© 1977 by Verlag J. H. Schmalfeldt, Bremen
Zeichnungen: Volker Ernsting
Texte: Walter A. Kreye
Gesamtherstellung: J. H. Schmalfeldt & Co., Bremen

ISBN 3-921749-02-6

"Ischa wohl nich die Möglichkeit!" würde die Gräfin Emma sagen, wenn sie das erlebt hätte. Oder jedenfalls so ähnlich. Und ihr Schwager, der Benno, na, der würde sich ganz schön im Grab rumdrehen. Was die Bremer doch aus der Bürgerweide gemacht haben, aus den sumpfigen Wiesen, die ihnen anno dazumal geschenkt worden sind!
Hier ist nicht die Rede von der heutigen „Bürgerweide", vom kopfsteingepflasterten großen Platz vor der Stadthalle, wo die Bremer zu Freimarkt im Oktober so richtig auf'n Putz hauen. Nicht nur jedenfalls, aber auch. Hier geht's um die noch viel größere Weidefläche, auf die die Bürger ehedem ihr Rindvieh grasen schickten. Aber das war einmal. In den letzten hundert Jahren ist aus den Weiden gepflegte Landschaft geworden – Ziel ungezählter Spaziergänge, besonders am Sonntagnachmittag. Sie wissen schon: zwischen Mittagessen und Kaffeetrinken mal eben zum Füßevertreten in den Bürgerpark.
Der Bürgerpark: Da kann man auf 26 Kilometern Fuß-, 10 Kilometern Rad- und 9 Kilometern Reitweg unter -zigtausend Buchen, Eichen, Birken und Erlen je nach Tatendrang flanieren, radeln oder traben. Da kann man sich am Tiergehege über die Känguruhs und Zwergziegen amüsieren oder dem Dromedar – igittigitt! – schnell mal eben, weil's ja eigentlich verboten ist, ein Stück Brot ins Sabbermaul schieben. Da können sich die Buttjer auf einer Superriesenrutsche den Hosenboden blank wetzen, mit Förmchen aus Sand Kuchen backen oder sich – zur Abwechselung – auch mal damit beschmeißen. Da kann Vater, mit heimlichem Hang zur christlichen Seefahrt, seine Navigationskünste beim Bötchenfahren beweisen und Mutter ihre Treffsicherheit beim Minigolf. Da läßt sich noch ein richtiges Rudel Rehe beim Äsen beobachten – am besten frühmorgens oder abends nach Sonnenuntergang. Eichhörnchen kann man füttern, die auf „Hansi" hören. Und Kühe kann man begucken, die friedlich bimmelnd auf der Wiese vor der Meierei weiden – lebendiges Denkmal für die Rindviecher von anno dazumal sozusagen. Das hat die noble Gräfin Emma sich ganz bestimmt nicht träumen lassen, daß sie dafür mit der Stiftung des Grundstücks den Grundstock legt. Jedenfalls können kluge Chronisten nicht zuletzt deshalb mit Fug und Recht behaupten, daß grün die Bremer Lieblingsfarbe ist.
Über den Bürgerpark läßt sich so viel erzählen. Zum Beispiel, daß er zwei Kilometer lang und 700 Meter breit ist – alles zusammen 136 Hektar. Und wenn der Stadtwald noch dazu addiert wird, dann kommt das auf 202,5 Hektar: über zwei Millionen Quadratmeter! Eine Bürgerinitiative sorgte anno 1865 dafür, daß aus dem moorigen Wiesengelände eine schmucke Gegend wurde.
Man könnte auch darüber schreiben, daß die Bremer gar nicht mit sich spaßen lassen, wenn da irgendeiner kommt – eine Behörde oder so – und will ihrem geliebten Bürgerpark ein paar Quadratmeter abzwacken für einen Parkstreifen. Das sind dann aber wieder ganz andere Geschichten.
Lesen Sie erst mal die in diesem Buch. Darüber, wie das alles angefangen hat. Oder jedenfalls angefangen haben könnte. Nehmen Sie Walter Kreye und Volker Ernsting das bißchen künstlerische Freiheit nicht krumm und glauben Sie's ruhig: Dascha sagenhaft!
So viel Vergnügen, wie er selbst beim Lesen und Gucken und Gucken und Lesen hatte, wünscht Ihnen

Manfred Haake

Hat mal ein Mensch auf
diese Welt
ein büschen Zeit und
büschen Geld,
denn tut er sicher beides
nehmen
und macht sich auffen Weg
nach Bremen,
weil Bremen eine schöne
Stadt,
und auffen Markt den
Roland hat.

Hat er sich den genug besehn
und will schon grade weitergehn,
denn stutzt er und spricht:
Was is das?
Mang seine Füße is noch was!

Das ischa wohl, ein glaubt es nicht,
sowas wie'n Mensch mit ein Gesicht!

Och, seufzt sein Herz denn, mein klein Süßen, pett't Roland dich vielleicht mit Füßen?

Aasig verschrammt siehst du schon aus! Wo kömmt das von? Sprech dich mal aus!

Das ischa nu zuviel verlangt.
Der kleine Kerl da unten dankt
zwar stumm dafür, daß man ihm sieht,
doch seinen kleinen Mund entflieht
kein Wort, weil er von toten Stein.
Er denkt bei sich: Findt sich wohl ein,
der den, der vor mir steht und fragt,
was er gern wissen möchte, sagt.

Das gibt ja Menschen, die sind froh
eers, wenn sie wissen: so und so
hat sich's mit dies und das begeben,
das hört nu mal zu ihren Leben.
Vornehmlich die Historie,
versetzt ihr in Euforie,
so daß sie alles wissen wollen.

Und wissen sie's, o je, denn sollen
auch andre Menschen dies wie sie.
Tun die das nich, freun sie sich wie
ein kleines, büschen dummes Kind
und mein'n, daß sie gebüldet sind!
Vergessen tun sie denn, die Toren,
daß, was ein Mensch blos mitte Ohren
und auswendig erlernen kann,
als Wissen zwar bezeichnet man,
doch Büldung, dazu hört viel mehr,
die kömmt meist aussen Herzen her.

Genug davon. Der Weise spricht:
Das hat man, oder hat das nicht!
Hier geht das drum, nu zu berichten,
was man sich früher für Geschichten
erzählte in die alten Sagen,
die noch bis her in unsern Tagen,
mag da auch nich viel hinter stecken,
Teilnahme oft und Rührung wecken.

Wo djetz von zu erzählen is,
das gibs nich oft, das is gewiß,
denn daß 'ne riesengroße Stadt
ein Krüppel was zu danken hat,
das is bestimmt ein seltner Fall
und findet ein nich überall.

In Bremen aber war das so:
Um anno tobac irgendwo,
da lebte eine Gräfin hier,
hatte in Lesum ihr Quatier,
und alles, was da rundumzu
war,

gehörte ihr, ob's Land, Pferd,
Kuh war.
Auch Bremen, welches noch
sehr klein,
gemeindete sie glatt mit ein.

Das heißt nich, daß sie gierig war,
oh nee, die Frau war wundebar,
ganz schön, und still und mächtig fromm.
Kam da Besuch, denn sprach sie: „Komm,
wir wollen inner Kirche treten,
ein Liedchen singen, büschen beten.
Tut einer dieses alles gern,
wird er ein Freund von Gott, den Herrn."

Auch schenkte sie der Geistlichkeit mal bares Geld, mal 'n neues Kleid.

Und auch wer sons nich grade reich,
der dauert' ihr, sie half ihn gleich.
So kam's, daß sie von Frau und Mann
in ihren Land das Herz gewann.

MMal aber krichte sie Besuch
von ihren Schwager; in das Buch,
wo all die alten Sagen stehn,
kann ein sogar den Namen sehn:
Herr Herzog Benno war's von Sachsen,
der war zusammen groß gewachsen
mit seinen Bruder, namens Lüdger,
war Emmas Mann einst, ein sehr gütger,
der, ehr er starb, sprach: „Emmalein,
du solls allein mein Erbin sein!"

Dies alles wußte Benno auch.
Er hatte oft 'ne Wut im Bauch,
wenn er so hörte, daß sie eben
mal wieder etwas weggegeben.
Denn – sollte Emma vor ihn sterben,
würd' Herzog Benno ihr

beerben.
Doch wie kann ein das still ablauern,
sieht er mit stetigen Bedauern,
daß Emma sich da nix bei denkt,
wenn sie mal dies, mal das verschenkt.

Ein Tag, es war noch früh an Morgen,
da wollten sie mal was besorgen,
Emma und Benno und ihr Troß.
Ganz fröhlich ging es hoch zu Roß

wohl kreuz und quer durch Emmas Land,
und selbs der Herzog Benno fand,
daß da noch viel zu holen wär,
verschenkte Emma nich noch mehr.

Da plötzlich, sie warn grad in Bremen
und wollten sich da 'n Lüttjen nehmen,
da traten an Frau Emma ran,
so recht bescheiden, ein paar Mann,
von Bremens Bürgerschaft gesandt,
mit ihre Hüte inner Hand.
Wir Bremer haben, sagten sie,
viel Sorgen grad mit unser Vieh.
Die Kühe müssen Hunger leiden,
uns fehlen nämblich noch paar Weiden,
wo wir ihr könnten grasen lassen.
Nu gibt das hier zwar Gras in Massen,
doch alle Weiden rundumzu,
die hören ja Frau Gräfin zu.
Und nu hat sich die Bürgerschaft
ein Herz gefaßt, sich aufgerafft,
und läßt durch uns Frau Gräfin bitten,
ob sie denn nich hier inner Mitten
von unsre Stadt paar Weiden hätt,
die sie nich braucht; und wär so nett,
die Stadt, zu'n ewigen Gedenken
an Gräfin Emma, die zu schenken?!

Die Gräfin sitzt aufs Pferd und fächelt
sich büschen Luft zu, dabei lächelt
sie freundlich auffe Bürger nieder,
die da so brav und auch so bieder,
in Einklang mit die guten Sitten
fürs hungerige Rindvieh bitten.
Is gut, sagt sie, ich bin bereit.
Ich gebe eine Stunde Zeit
ein Mann, den ihr dafür bestimmt,
daß der untere Füße nimmt,
was er nur kann in eine Stunde.
Er soll ein Kreis gehn inner Runde.
Kömmt er an Anfang wieder an,
was in den Kreis, gehört euch dann!
Ich schenk es euch für eure Kühe,
als Preis für diesen Mann sein Mühe!

Mein Zeit, was warn die Bürger froh!
Sie sagten: „Danke schön!" und so,
und weil sie eine Frau von Stand,
küßte auch einer ihre Hand.
Doch weil er dascha nich gelernt
– stand auch wohl büschen weit entfernt –,
kam er da nich so ganz mit klar,
statt zart und fein, wie's Mode war
zu diese Zeit, oft noch bis heute,
blamierte er sich vor die Leute,
indem er ihr ein Schmatz verpaßte,
der besser auf ein Kuhmaul paßte
als auf 'ne Hand so zart und fein.
Die Gräfin fand das auch zu'n Schrei'n,
sie zeigte das natürlich nicht,
denn Kontenanz is Grafenpflicht!

Nu wäre alles schön und gut,
hätt' nich der Herzog voller Wut
zur Gräfin dieses Wort gesagt:
„Ach, hättste mich doch eers gefragt,
ich hätte, statt 'ne Stunde nur,
den Kerl ein Tag geschickt auf Tour!
Du has das dja! – Du kanns das dja!
Der Rest is füre Erben da!"

Eers is die Gräfin bös erschrocken,
denn fing es an, in ihr zu bocken!
Sie tat sich zu ein Lächeln zwingen,
denn hört' man ihre Stimme klingen:
„Was du sags, Schwager, seh ich ein.
Was ich getan, war wirklich klein
und geizig und voll Eigennutz.
Man los! – Haun wir mal auf den Putz!
Der Mann geht nich nur eine Stunde,
nein, einen Tag macht er die Runde!
Und was er dabei kreiset ein,
soll Bremens Eigentum denn sein!

Nu kam der Augenblick
des Schrecks
fürn Herzog: „Du verdammte Hex!",
so dachte er in seinen Sinn,
„wie krieg ich das nu wieder
hin?"

Doch wie das beie Bösen
ist,
bumms, kommen sie auf eine
List!
So auch der Herzog. Lächelt
fett
und sagt zur Gräfin: „Das
war nett,
daß du auf meinen Rat
gehört,
un hast dich da nich um
empört,
daß ich mich da mit rein
gemischt,
weil das ja deine Sache ist.
Wenn es nu recht wär,
Schwägerin,
denn möchte ich auch
fürderhin
dir helfen gern in diese
Sache.
Wenn dir das recht sein
sollte, mache
ich alles klar, wie du's
befohlen.
Ich will denn gleich den
Mann herholen,
der, bis die Sonne untergeht,
ganz fleißig seine Runde
dreht!" –

Nu ischa Emma ganz
verdutzt,
dasser ihr ganich runterputzt,
in Gegenteil, ihr helfen will.
Drum sagt sie: „Ja!" – und
is denn still.

Die armen Bürger aber zittern,
weil sie bei'n Herzog Unrat wittern.
Sie kennen ihm und traun ihn nicht,
für ihr bleibter ein Bösewicht!

Und zeigt sich schnell, wie recht sie haben!
Läßt er doch gleich sein Pferd hintraben
vors Haus, wovor ein Krüppel sitzt,
weil er nich laufen kann und schwitzt.
„Der hier", so lacht der Herzog laut,
„ist's, dem ihr euch habt anvertraut!
Er soll bestimmen ganz allein,
wie groß die Weide mal wird sein,
auf die noch in den fernsten Tagen
die Bremer ihre Kühe djagen!" –

Nu war ein jeden, der hier stand,
von den klein' Krüppel wohlbekannt,
dasser nich ein Schritt gehen konnte.
Wollter mal raus, dasser sich sonnte,
denn kamen zwei von Nachbarhaus,
und trugen ihm nach draußen raus.

Nu leuchtete ein jeden ein:
Herr Herzog Benno war ein Schwein!
Doch wie der stand und hämisch lachte,
geschah's, daß Gräfin Emma sachte
sich zu den Krüppel niederließ
und streichelt ihn und sagte dies:
„O Herr, laß nich das Böse siegen
und nich das Gute unterliegen.
Hilf diesen Krüppel, daß der Mann,
wenn auch nich gehn, doch krabbeln kann!" –

Nachdem sie dies Gebet getan,
hängt sie da noch ein „Amen" dran,
kuckt denn den Krüppel ins Gesicht
und sagt zu ihn: „Fürchte dich nicht!
Versuch es nur, du solls mal sehn,
glaubs du's auch nich, es wird schon gehn!"
Der Krüppel kuckt die Gräfin an,
er hört ihr, doch er glaubt nich dran.

Denn aber, nur ihr zu Gefallen,
läßt er sich auffe Hände fallen
und zieht den Körper hinterher...
Das konnte er noch nie bisher!

Erstaunt kuckt er die Gräfin an.
„Krabbel man weiter, kleiner Mann!"
sagt sie. Und aus die gütgen Augen
von ihr, tut neue Kraft er saugen.

Er krabbelt los, so gut er kann,
und hinter ihn, da geht ein Mann,
der, wie die Gräfin ihn befahl,
steckt jedesmal ein neuen Pfahl
nach hundert Meter inner Erde,
auf daß genau bezeichnet werde,
wie lang, wie breit is ganz genau,
was hier verschenkt die gute Frau.

Die Bürger, die schon traurig waren und rauften sich schon in den Haaren,

die faßten wieder neuen Mut
und dachten: „Nu wird's
doch noch gut."

Und wurd es auch! Was hier geschehn, kann ein dreist als ein Wunder sehn! Mit eins da schüst der Krüppel los,

so daß an Abend riesengroß
die Fläche, die er eingekreist,
die heut' noch *Bürgerweide*
heißt!

Der Herzog, will die Sage wissen,
hat sich vor Wut in Bauch gebissen.

Er reiste ab, macht' neuen Schweinkram,
wodurch er in ein Zweikampf reinkam,

bei den er zweiter Sieger war und starb, das ischa sonnenklar!

Die Bremer Bürger waren froh!
Und inner Bürgerschaft kams so,
daß ein Beschluß hier wurd gefaßt,
daß dieser Krüppel für die Last,
die für die Stadt er auf sich nahm,
er zwischen Rolands Füße kam!

Hier kann ihm nun ein jeder sehn,
bleibt er vorn großen Roland stehn,
und er begreift denn auch gewiß,
wie schön von eine Stadt das is,
erkennt vor alle Welt sie an,
den großen wie den kleinen Mann!